Coleção Aventuras Grandiosas

Edgar Allan Poe

MANUSCRITO ENCONTRADO EM UMA GARRAFA

E

OS CRIMES DA RUA MORGUE

Adaptação de Ana Carolina Vieira Rodriguez

2ª edição

EDITORA RIDEEL
Quem tem Rideel tem mais.

Capítulo 1

PERIGO À VISTA

Passei anos longe da minha família e da minha terra. Isso me fez ficar, de certo modo, **INDIFERENTE** a elas. Já não sentia falta de casa e das pessoas com quem vivi na infância. O excesso de dedicação aos estudos me transformou num homem sério e crítico. Gostava muito de ler, mas fazia isso mais pela mania de tentar descobrir erros e falsidades nas filosofias dos autores do que pelo prazer da leitura.

Dizem que tenho mau gênio, que sou uma pessoa teimosa e com pouca imaginação. Concordo com isso, pois, para mim, nada que fuja à verdade tem valor. Tenho horror a **SUPERSTIÇÕES** e a coisas ditas "do espírito". Só acredito na ciência, principalmente nos princípios da física, aos quais procuro relacionar todos os fatos da vida **COTIDIANA**.

Achei melhor me explicar dessa maneira para que o leitor tenha uma ideia precisa de quem sou e assim não interprete a história incrível que vou contar como loucura criativa da minha mente. O que vivi nada tem a ver com delírio ou fantasia.

Estávamos no século XIX quando parti do porto de Batávia, um local rico e populoso na ilha de Java, para uma viagem ao redor do **ARQUIPÉLAGO**. Eu ia como passageiro, o que me causava certo desconforto. Sentia-me **IMPOTENTE** diante da bravura do mar, uma vez que não dependia de mim a condução do navio. Era preciso confiar na tripulação.

O barco, no entanto, era uma **FORTALEZA**. Construído em Malabar, na Ásia, pesava quatrocentas toneladas e era todo forrado de cobre. Os porões do navio estavam carregados de mercadoria para vender: algodão, óleo, fibra de coqueiro, açúcar e coco. Como os **ESTIVADORES** não tinham organizado muito bem a carga, a embarcação **ADERNAVA** um pouco para a esquerda conforme navegava, mas nada que oferecesse perigo aos passageiros.

A primeira semana foi bem calma. Passamos a maior parte do tempo na costa leste de Java. Eu diria até que os dias eram **MONÓTONOS**, se não fossem pelos

- **INDIFERENTE:** que não tem interesse, que não se importa
- **SUPERSTIÇÃO:** medo e crença em coisas fantásticas, crendice
- **COTIDIANA:** diária
- **ARQUIPÉLAGO:** conjunto de ilhas
- **IMPOTENTE:** fraco diante de alguma situação, que não pode fazer nada
- **FORTALEZA:** sólido e seguro
- **ESTIVADOR:** trabalhador que carrega e descarrega navios
- **ADERNAVA:** inclinava-se
- **MONÓTONO:** chato, entediante

caranguejos coloridos que por vezes apareciam no fundo da água cristalina. Gostava de observar a natureza, por isso ficava muito tempo na **AMURADA** do navio procurando **DECIFRAR** o **BALÉ** daquelas criaturas marinhas.

Uma tarde, enquanto dedicava-me a esse passatempo, olhei para o alto e identifiquei a primeira nuvem no céu desde que deixáramos o porto. Ela estava a noroeste e tinha um formato **BIZARRO**. Fiquei ali até anoitecer. A nuvem foi se esticando e baixando em direção à linha do horizonte até se tornar uma espécie de faixa de vapor ao longo da água.

Assim que a noite caiu, a lua adquiriu uma cor avermelhada que eu nunca vira. O mar também ganhou um aspecto estranho: ficou ainda mais transparente do que de costume, embora a **SONDA** de bordo mostrasse que estávamos a 15 **TOESAS** de profundidade. O ar ficou pesado e quente de uma hora para a outra, como se estivéssemos dentro de um forno aquecido. Resolvi falar com o comandante:

— Temo que essa **CALMARIA** seja sinal de mau tempo a nossa frente, capitão — sugeri.

— Não há motivo para se preocupar, senhor. Não vejo nenhuma indicação de perigo — respondeu ele, demonstrando tranquilidade.

Em seguida, ele ordenou à tripulação:

— Larguem a âncora e recolham as velas! Estamos próximos da praia e vamos passar a noite aqui.

Os marinheiros, em sua maioria nascidos na Malásia, atenderam às ordens e foram dormir esticados sobre o **TOMBADILHO** do navio. Um deles perguntou ao capitão:

— Alguém deve ficar vigiando?

— Não é preciso. A noite está calma.

Antes de descer para dormir em meu camarote, tentei falar novamente com o capitão.

- **AMURADA:** borda de um navio, como um corrimão ao redor dele
- **DECIFRAR:** tentar interpretar, compreender
- **BALÉ:** dança
- **BIZARRO:** estranho, esquisito
- **SONDA:** aparelho utilizado em embarcações para medir a profundidade da água
- **TOESA:** medida de comprimento que equivale a 1,98 metro
- **CALMARIA:** condição em que o tempo está quente e sem ventos, com o mar calmo
- **TOMBADILHO:** piso sobre o convés do navio

— Desculpe insistir, comandante.

— Pode falar — disse ele, com uma ponta de impaciência na voz.

— É que esse calor sufocante, o ar parado, a água calma, tudo me parece sinal de furacão.

O comandante, dessa vez, irritou-se:

— Por acaso está querendo assumir minhas funções? Quem está no controle desse navio, afinal, o senhor ou eu? Já disse que não há perigo nenhum.

Fui dormir pressentindo que uma desgraça iria acontecer. Antes, porém, ouvi o capitão resmungando a seus **IMEDIATOS**:

— Furacão numa noite dessas... Imaginem... Era só o que faltava, um passageiro dando palpite no meu trabalho.

Capítulo 2

FEZ-SE O TERROR

Como eu já esperava, o calor e o nervoso não me permitiram pegar no sono. Perto da meia-noite, decidi subir ao tombadilho. Quando coloquei o pé no último degrau da escada e meu corpo já estava para fora do camarote, escutei um barulho **ENSURDECEDOR**. Era uma espécie de assobio, como se um moinho de vento estivesse em pleno funcionamento. Antes de conseguir dar uma explicação para o ruído, percebi que o centro do navio tremia. No momento seguinte, vi crescer diante dos meus olhos uma onda gigante vinda da **PROA**. Ela arrebentou bem em cima de nós, lavando o tombadilho até a **POPA**.

Os mastros se quebraram com a força enfurecida do vento, que agora soprava a todo vapor. O navio adernou até ficar completamente virado para o lado esquerdo. Logo em seguida, graças ao imenso movimento das ondas, ele voltou para o **PRUMO**, mas a cabine e o **CONVÉS** ficaram inundados.

Por milagre, consegui sobreviver. Quando a embarcação retornou à posição normal, eu estava agarrado ao **TIMÃO**. Com muita dificuldade, consegui ficar em

- **IMEDIATO**: oficial que pode substituir o comandante de um navio, seguindo uma ordem de hierarquia.
- **ENSURDECEDOR**: que deixa surdo
- **PROA**: parte da frente de uma embarcação
- **POPA**: parte de trás de uma embarcação
- **PRUMO**: posição vertical
- **CONVÉS**: deque, pavimento descoberto de uma embarcação
- **TIMÃO**: leme, direção

pé. À minha volta, havia um **TURBILHÃO** de água e espuma que mal me permitiam respirar. Escutei a voz de um velho sueco que também embarcara na Batávia:

— Socorro! — ele dizia em inglês.

Gritei para ele com todas as forças:

— Aqui!!!! Venha para a popa!

Logo avistei sua figura curvada caminhando em minha direção e agarrando-se a tudo o que podia para não cair no mar. Olhamos para todos os lados e não vimos ninguém.

— Somos os únicos sobreviventes — concluí, apavorado.

— Todos os outros foram atirados ao mar — disse o sueco.

— Ou morreram afogados dentro dos camarotes — completei.

Ficamos alguns segundos sem falar nada, esperando o que iria acontecer. O sueco, então, berrou:

— Oh, Deus! Será que vamos afundar?

— O cabo da âncora se partiu — constatei. — Se não fosse isso já estaríamos no fundo assim que o furacão começou.

O navio navegava, à toda velocidade, por entre as ondas gigantes que se abriam para nos deixar passar, **IMPULSIONADOS** pelo vento de popa. Calculo que isso tenha durado quase duas horas, tempo esse em que permanecemos agarrados ao navio, equilibrando-nos para não cair. Foram momentos de puro terror até que algo ainda mais **INUSITADO** ocorreu: o vento parou completamente, o mar ficou calmo e o terrível calor de antes voltou a nos sufocar.

— Estamos no olho do furacão! — exclamei.

— O que significa isso? — perguntou o sueco.

— Estamos no centro do furacão, onde ele é tranquilo e quente, muito quente.

— Quer dizer que...

— Sim, amigo, quer dizer que ainda temos de atravessar a outra parte dele. Logo teremos mais vento, chuva e ondas **COLOSSAIS**!

De fato, cerca de meia hora mais tarde, **RAJADAS** de alta velocidade começaram a soprar, empurrando o navio à frente delas. A situação não era tão terrível quanto à do início do furacão, mas a tempestade durou cinco dias inteiros, durante os quais nos alimentamos de um pouco de açúcar retirado, a muito custo, de um compartimento na proa.

- **TURBILHÃO:** espécie de redemoinho de água e vento
- **IMPULSIONADO:** estimulado, empurrado por impulso
- **INUSITADO:** estranho, que não é comum
- **COLOSSAL:** gigantesco
- **RAJADA:** vento muito rápido que ocorre de repente

Durante os quatro primeiros dias, navegamos impulsionados por ventos sul e sudeste. Calculei que estávamos descendo a costa da Nova Holanda. No quinto dia, embora o vento estivesse vindo um pouco mais do Norte, um frio intenso nos **ASSOLOU**. De manhã, o sueco chamou minha atenção:

— Olhe o sol. Está com um brilho opaco, embora não tenha nuvens no céu.

— E muito perto da linha do horizonte. Já faz tempo que não sai do lugar — concluí.

Próximo ao meio-dia, o sol ficou ainda mais esquisito.

— Não está lançando raios. Parece que toda a sua luz está **POLARIZADA** — disse o sueco.

O pior foi o espetáculo a que assistimos em seguida, sem deixar de sentir o terrível vento soprando de forma **INCONSTANTE**: antes de desaparecer no oceano, o interior do sol se apagou como que por milagre, fazendo com que apenas um contorno cinza e **FOSCO SUBMERGISSE** no horizonte.

A noite caiu acompanhada de uma neblina **DENSA**. Tudo ao nosso redor ficou escuro. A **CERRAÇÃO** era tanta que não conseguíamos enxergar nada, nem mesmo objetos do navio que ficavam a três metros de nós. A tempestade continuou, porém sem tanta violência. Não havia mais espuma nas ondas, apenas subíamos e descíamos com elas. O sueco e eu ficamos em silêncio, certos de que mais uma desgraça estava para acontecer.

Capítulo 3

UM NAVIO FANTASMA

Não sabíamos ao certo nossa localização, mas tínhamos quase certeza de termos rumado para o Sul desde que tudo começara. No entanto, não víamos nenhum **ICEBERG**, o que seria comum aparecer na parte do globo em que imaginávamos estar. A temperatura do ar era congelante. As ondas começaram a crescer

- **ASSOLOU**: afligiu, devastou, causou agonia e consternação
- **POLARIZADA**: concentrada em si próprio
- **INCONSTANTE**: que varia, que não é estável
- **FOSCO**: que não tem brilho
- **SUBMERGISSE**: afundasse
- **DENSA**: grossa, espessa
- **CERRAÇÃO**: neblina, nevoeiro
- **ICEBERG**: enorme bloco de gelo que desliza nos mares dos pólos

ainda mais, de forma que o navio subia verdadeiras montanhas para depois descer enormes **ABISMOS**.

Era nossa quinta noite no mar. Estávamos no fundo de um dos abismos que acabei de mencionar, local silencioso e sem vento, porém apavorante, uma vez que ficávamos no meio de enormes paredes de água. De repente, meu amigo sueco gritou:

— Veja isso! Olhe para cima! Por Deus!

Uma luz vermelha vinda do alto da onda acima de nós iluminou o tombadilho do navio. No meio da noite negra, todo o nosso abismo ficou **SUBITAMENTE** vermelho. Continuei olhando para cima, e o que vi fez minhas pernas tremerem sem parar: na **CRISTA** da onda mais alta, havia um navio! Não era um navio comum. Tinha umas quatro mil toneladas, a maior embarcação que eu já havia visto. Era negro como a asa da **GRAÚNA** e, na lateral, levava uma fileira de canhões de bronze, cujo brilho refletia na água.

O que mais me impressionou é que o navio velejava com as velas cheias, a toda velocidade, a despeito da tempestade e do furacão. Não tivemos tempo para nada. Aquele monstro das águas começou a descer o abismo em nossa direção. Gritei para o sueco:

— Vamos para a popa!!!

Não ouvi resposta e não consegui enxergá-lo. O choque do navio gigante contra o nosso foi tão violento, que começamos a afundar. No meio do turbilhão que se formou e do forte **ESTRONDO** que se fez, consegui, não sei de que maneira, manter a consciência e me atirar com todas as forças em direção ao **CORDAME** daquele navio sobrenatural.

Apesar do enorme tamanho, a embarcação sentiu o choque. A tripulação se agitou e correu para manter o navio no prumo. Aproveitando a distração dos marinheiros, consegui passar desapercebido através de uma **ESCOTILHA** e me escondi. Meu **REFÚGIO** ficava no porão, embaixo de umas tábuas do assoalho que arranquei, abrindo caminho sob os arcos do navio.

- **ABISMO:** precipício
- **SUBITAMENTE:** de repente, de uma hora para a outra
- **CRISTA:** parte mais alta
- **GRAÚNA:** ave de cor preta e bico azulado
- **ESTRONDO:** barulho muito alto
- **CORDAME:** várias cordas de um navio
- **ESCOTILHA:** abertura no piso da embarcação que dá acesso à parte de baixo dela, como camarotes e locais de guardar carga
- **REFÚGIO:** esconderijo

Não sei bem por que fiz isso. Acredito que tenha sido por **INSTINTO**, já que a tripulação com a qual me deparara tinha aspecto muito estranho. Eles me transmitiam medo e apreensão, como se eu não pudesse confiar naquelas criaturas vindas não sei de onde.

Escutei passos. Do meu esconderijo, vi, por uma fresta entre as tábuas, um velho marinheiro. Não consegui enxergar o rosto, mas o corpo era robusto e parecia doente, já que ele se apoiava nos móveis de bordo e mancava de uma perna. As mãos eram bem enrugadas. Ele resmungou alguma coisa, dizendo palavras em uma língua desconhecida. Depois foi consultar algumas cartas de navegação velhas e rasgadas. Seu jeito era mesmo esquisito: às vezes parecia um velho rabugento, outras uma espécie de sábio ou profeta. Passados alguns minutos, ele subiu ao tombadilho e eu não o vi mais.

O leitor pode não acreditar em mim, mas muito tempo se passou desde que consegui subir a bordo deste navio fantasma. Digo fantasma porque os homens que o navegavam não são deste mundo. Não sei por que ainda me escondo para dormir, se passo por eles e eles nunca me veem. Eles não querem me enxergar e nunca o farão. Neste exato momento em que escrevo o capitão do navio passou por mim sem me notar. Há poucos dias, entrei em seu camarote, peguei material para escrever este diário. Ninguém percebeu meu deslocamento pelo navio.

Não sei quando vou conseguir escapar daqui, mas confio que Deus me mostrará a hora certa de colocar essas folhas manuscritas em uma garrafa e atirá-la ao mar. Só assim o mundo poderá conhecer meu triste destino. "Deus", caro leitor, é essa a palavra que estou usando. Pode parecer estranha para um **CÉTICO** como eu, mas devo confessar que muita coisa mudou em meu modo de pensar. Jamais conseguirei compreender o que está se passando comigo. Minha experiência de pesquisador e leitor crítico nada me diz sobre isso e duvido que o futuro me traga respostas convincentes.

Ontem aconteceu uma coisa que me fez refletir bastante, embora eu não tenha chegado a nenhuma conclusão. Resolvi testar novamente minha invisibilidade em relação aos marinheiros e fui me deitar sobre o tombadilho. Estendi-me sobre um monte de panos jogados e fiquei lá, pintando com **ALCATRÃO** as pontas de uma vela antiga do navio que já não era mais usada, mas que estava cuidadosamente dobrada. Como, para variar, ninguém notou minha presença, continuei rabiscando, sem saber o que, enquanto pensava na minha própria sorte. Agora

- **INSTINTO:** intuição, impulso
- **CÉTICO:** pessoa descrente, que não acredita em nada
- **ALCATRÃO:** líquido negro e viscoso feito a partir de material orgânico. Nas embarcações era utilizado para vedar superfícies

a vela está estendida sobre o tombadilho. Foi aberta não sei por quem durante a noite. Levei um susto quando vi que meus rabiscos **ALEATÓRIOS** haviam formado a palavra DESCOBERTA.

Capítulo 4

PARA DENTRO DA TERRA

Passo os dias observando o navio, cada canto dele. É uma embarcação antiga, mas diferente de tudo o que já vi. A proa é simples demais, enquanto a popa é muito sofisticada. Os mastros têm formato estranho e as velas são numerosas. O cordame e a estrutura do **CASCO** deixam claro que não se trata de um navio de guerra, mas não sou capaz de dizer o que ele é de fato. De vez em quando tenho a sensação de já ter navegado nele antes. Sinto como se uma memória em forma de relâmpago me mostrasse que esse navio faz parte de recordações muito antigas.

Mais ou menos uma hora atrás parei entre um grupo de marinheiros. Cheguei bem perto de um deles e gritei, fazendo sinais com as mãos diante de seu rosto:

— Ei, você! Pode me ouvir?

O homem nem se mexeu e o grupo continuou conversando na língua deles. Eles todos se pareciam com o sujeito que eu vira no primeiro dia. Tinham a pele enrugada, o corpo envelhecido e curvado. Os joelhos eram fracos e as vozes, entrecortadas. Era espantoso ver seus cabelos brancos e compridos esvoaçando pelo **FUROR** dos ventos da tempestade, que nunca cessava.

Agora estou aqui no meu refúgio, pois não consegui mais me equilibrar no tombadilho. A tripulação não parece se incomodar com o furacão. **IÇARAM** mais velas e navegam cada vez mais velozmente por entre ondas monstruosas, sempre para o Sul. O mar é tão violento que não consigo entender por que ainda não nos engoliu. Do que sobrou de minhas noções científicas, suponho que estejamos seguindo alguma espécie de corrente marítima fortíssima. Se não for isso, estamos **FADADOS** a navegar por toda a eternidade.

Há pouco o capitão entrou no camarote onde fica meu esconderijo. Saí de onde estava e parei bem na sua frente, mas, como eu imaginava, ele não me deu atenção. Ele tem quase a minha altura, um metro e setenta centímetros. Seu corpo

- **ALEATÓRIO:** casual, por acidente
- **CASCO:** o chamado "corpo" de um barco; estrutura que não inclui mastros e outros complementos
- **FUROR:** violência ou fúria
- **IÇARAM:** levantaram
- **FADADO:** com o destino certo; predestinado

é forte, apesar de não ser nem magro nem gordo. Parece um homem simples, sem ares de superioridade.

Observei-o sentar-se à mesa dos mapas, como fizera o primeiro marujo. Consultou cartas náuticas muito antigas e instrumentos matemáticos **OBSOLETOS**. Leu um papel tirado de uma gaveta que parecia ter uma espécie de selo real e uma assinatura, que devia ser de algum **MONARCA**. Imaginei tratar-se de uma **NOMEAÇÃO**. Em seguida, ele colocou o rosto enrugado entre as mãos e murmurou palavras tensas, como se lamentasse algo. Aproximei-me e toquei em seu ombro, numa tentativa de consolá-lo, porém ele não se mexeu. Continuou falando em sua língua estranha. O mais impressionante é que sua voz era tão baixa, e produzia um **ECO** tão forte, que parecia vir de quilômetros de distância.

Aos poucos estou percebendo que este navio, e tudo o que há dentro dele, faz parte de algum passado longínquo. Os tripulantes caminham como espectros de séculos antigos. Parecem procurar por algo que nunca vão encontrar. Têm o olhar nervoso, a expressão cansada e irrequieta. À medida que convivo com eles, sinto que eu também vou envelhecendo.

Ultimamente, em meio às noites escuras, frias e cheias de vento, podemos enxergar os tais blocos de gelo no meio do mar. São tão altos que tenho a sensação de que chegam até o céu. Parecem muralhas **INTRANSPONÍVEIS**, das quais o navio desvia com **DESTREZA**, navegando com velocidade igual a de águas **CAUDALOSAS** de uma cachoeira descendo morros. Pelo visto eu estava certo: a corrente deve estar nos levando ao pólo sul.

Sinto-me cada vez mais horrorizado, mas tento transformar meu pavor em curiosidade pelo desconhecido. Olhei sobre o tombadilho e vi a tripulação agitada. Pela primeira vez, percebo que os marinheiros não sabem bem que decisão tomar. O capitão permanece de pé ao timão, e também tem o olhar hesitante.

De repente, oh, meu Deus! Que terror! Batemos num iceberg! O gelo se abriu para nos dar passagem, mas o navio saiu completamente da água e está girando,

- **OBSOLETO**: velho, antiquado
- **MONARCA**: rei, soberano
- **NOMEAÇÃO**: documento ou ato que atribui um cargo ou uma função a alguém
- **ECO**: som que se repete através de uma onda acústica
- **INTRANSPONÍVEL**: que é impossível de ser transposto, atravessado
- **DESTREZA**: maestria, habilidade
- **CAUDALOSA**: com muita água

girando, girando! Tudo em volta é tão branco, que penso estarmos num **ANFITEATRO** de gelo. Não vejo bem as paredes, no entanto. Estão muito distantes! Sei que tenho pouco tempo para entregar minha história ao mundo. Os círculos estão diminuindo e ficando cada vez mais rápidos. Estamos dentro de um furacão ainda mais potente. Escuto trovões ecoando... Deus do céu! Já sinto a água gelada na pele. O navio está afundando!

ANFITEATRO: teatro em forma oval, espécie de concha acústica

ROTEIRO DE LEITURA

1) Quem é o narrador da história? Identifique e descreva algumas características dele.
2) Quais são as coisas nas quais o narrador não acredita no início da história? Quais são as coisas nas quais ele acredita e sob as quais rege sua vida?
3) Onde se passa a história e em que época?
4) Por que o narrador se sentiu inseguro ao viajar como passageiro, e não como marinheiro, em um navio? Você já se sentiu assim? Em que situação?
5) Quais foram os sinais que o narrador percebeu de que um furacão estava próximo?
6) Quando o furacão chegou, o que aconteceu com o navio e a tripulação? O que aconteceu quando eles chegaram ao centro (ou "olho") do furacão?
7) Faça uma pesquisa, com a ajuda de seu professor de geografia, e descubra se as condições meteorológicas na proximidade e na vigência de um furacão estão de acordo com as descritas na história.
8) O que aconteceu com o narrador depois que seu navio foi atingido por outro navio? Para que lugar ele foi? Descreva este local e as pessoas que lá se encontravam.
9) Se comparado ao tipo de pessoa que o narrador era antes de embarcar, o que mudou no seu modo de ver o mundo? Na sua opinião, por que ele mudou a maneira de pensar?
10) Com a ajuda de seu professor de português, descubra se o narrador é um personagem plano ou circular. Justifique sua resposta.
11) Você acredita que uma história como a que ocorreu com o narrador é possível de acontecer? Justifique sua resposta.
12) De que maneira o narrador conseguiu transmitir sua história para nós, leitores? Você já ouviu falar ou já leu sobre alguém que tenha encontrado uma garrafa no mar contendo mensagens escritas?
13) Existem correntes marítimas bem definidas no globo terrestre, que vão de um continente a outro. Pesquise algumas delas e, se tiver a oportunidade, faça uma experiência jogando uma garrafa no mar com seu nome completo, idade, cidade onde nasceu e e-mail dentro. Coloque também a data em que jogou a garrafa e escreva o que mais quiser. É preciso que a mensagem seja escrita a lápis (pois a caneta pode manchar, caso entre água) e a garrafa tem que ser bem vedada, de preferência com uma rolha e bastante cera de vela derretida em cima. Quem sabe alguém ache sua mensagem e lhe envie um e-mail?
14) Faça, em grupo, uma encenação do navio fantasma da história. Defina que tipo de coisa cada marinheiro vai fazer para que o navio continue navegando à toda velocidade em meio a um furacão.
15) Para realizar a tarefa anterior, pesquise o que é preciso para que um navio à vela navegue. Descubra as partes mais importantes de um barco, desenhe-as em um cartaz e dê nome a elas, explicando suas funções.
16) Se você fosse o narrador, o que faria para tentar se comunicar com a tripulação do navio fantasma?
17) Que língua você acha que a tripulação do navio fantasma falava?
18) Como você interpreta o fato de a palavra DESCOBERTA ter surgido a partir dos rabiscos do narrador nas pontas de uma vela dobrada?
19) De que parte da história você mais gostou? Por quê?
20) De que parte da história você menos gostou? Por quê?

OS CRIMES DA RUA MORGUE

Capítulo 1

O JOVEM DUPIN

Eu estava morando em Paris. Era o século XIX e a primavera deixava a cidade ainda mais bela. Foi nessa época que conheci o francês C. Augusto Dupin. Jovem e nascido em família rica, ele sofreu **REVESES** nos negócios e perdeu toda a sua fortuna. Depois de pagar as dívidas, sobrou-lhe apenas o dinheiro necessário para sobreviver sem extravagâncias. Ele deixou de frequentar a sociedade, mas não abandonou seu único luxo: os livros.

Conheci-o em uma livraria. Procurávamos mesmo livro **RARO** e por isso acabamos conversando e nos tornando amigos. Percebi, com o passar do tempo, que era um homem culto e criativo, além de muito sincero.

— A convivência com uma pessoa de tamanha inteligência, que desde jovem dedicou-se aos livros como você, era tudo o que eu buscava nessa temporada em Paris — disse-lhe certa tarde.

— Pois tenho uma proposta a lhe fazer — disse ele, em resposta ao meu elogio.

— Diga, amigo.

— Como sabe, minha situação financeira é das piores... Pensei que poderíamos dividir nossas despesas alugando, juntos, uma casa. O que me diz?

Aceitei a oferta e me dispus a alugar e mobiliar uma casinha velha no bairro de Saint-Germain. Ele ajudaria nas contas mensais enquanto eu estivesse residindo em Paris. A casa ficava num lugar afastado e estava, havia muito tempo, desabitada em função de superstições que achamos melhor não perguntar quais eram.

Passamos a levar uma vida **RECLUSA**. Não demos nosso endereço a nenhum dos nossos conhecidos, mesmo porque não tínhamos muitos amigos. Dupin e eu gostávamos da noite. Passávamos o dia trancados lendo ou discutindo algum assunto interessante e saíamos para caminhar pela cidade quando a escuridão chegava. Durante essas caminhadas, meu amigo falava sobre a vida com extrema maestria e fazia análises interessantes, inclusive sobre a minha pessoa. Cheguei à conclusão de que Dupin era um verdadeiro analista da alma humana.

- **REVÉS:** infortúnio, desgraça
- **RARO:** que não é comum, que existe em pouca quantidade
- **RECLUSA:** fechada, encarcerada, trancada

Em uma dessas noites, andávamos os dois em silêncio havia mais de quinze minutos quando Dupin falou:

— Também acho que Chantilly, o antigo sapateiro da rua Saint Dinis, representou mal o papel de Xerxes na tragédia de Crébillon.

— O coitado fez mal em trocar de profissão. Atuar não se aprende, é preciso nascer com esse talento — respondi, de modo automático.

De repente, um calafrio percorreu minha espinha.

— Espere aí! Como sabe que eu estava pensando em Chantilly? Como fez para descobrir o que se passa dentro da minha mente? — perguntei, aflito.

Dupin sorriu e deu uma explicação completa sobre minhas atitudes e expressões nos últimos quinze minutos, desde que **CESSÁRAMOS** nossa conversa. Analisou cada movimento do meu rosto, o tropeção que dei na calçada, o choque com um fruteiro desastrado que quase derrubou uma cesta de frutas em mim e, finalmente, uniu tudo isso ao diálogo que tínhamos tido sobre teatro durante o dia.

— Isso é incrível! Nem reparei que você me acompanhava com o olhar. Ainda estou chocado — disse eu.

— Desenvolvi a habilidade de observar, caro amigo. É o que basta para olhar a fundo a alma humana — disse ele, sem demonstrar o menor sinal de ter se valido de truques ou **FALCATRUAS** para investigar meus pensamentos.

Algum tempo depois disso, paramos em uma banca para comprar o jornal **VESPERTINO**. A manchete vinha em letras garrafais: "CRIMES EXTRAORDINÁRIOS". Sentamo-nos em um banco da praça para ler o artigo. Eu lia em voz alta, enquanto Dupin acompanhava em silêncio.

Capítulo 2

NOTÍCIAS DO JORNAL

"Hoje, às três da madrugada, os moradores da Rua Morgue, no bairro de Saint Roque, acordaram com gritos vindos do andar de cima da última casa da rua, onde moravam a senhora L'Espanaye e sua filha, a senhorita Camila L'Espanaye.

A polícia arrombou a porta de entrada e conseguiu chegar ao andar superior, na companhia de oito ou dez vizinhos. Nessa altura, os gritos já haviam parado, mas a cena que se apresentou foi **DEPLORÁVEL**. Um dos quartos estava todo

- **CESSÁRAMOS**: paráramos, interrompêramos
- **FALCATRUA**: fraude
- **VESPERTINO**: referente à tarde
- **DEPLORÁVEL**: detestável, lastimável

revirado, com móveis jogados e quebrados, roupas e objetos pelo chão. Havia uma navalha suja de sangue sobre uma cadeira. Grudados na chaminé havia tufos de cabelo grisalho, que pareciam ter sido arrancados pela raiz. Isso levou os policiais a desconfiar de que pudesse haver algo dentro da chaminé. Eles estavam certos: encontraram o cadáver de Camila L'Espanaye, de ponta-cabeça, socado lá dentro! O corpo estava ferido, indicando sinais de luta antes do assassinato. O pescoço tinha marcas profundas de unhas, evidenciando a morte da vítima por estrangulamento.

O cadáver da senhora L'Espanaye foi encontrado no mesmo cômodo. A garganta foi cortada a ponto de estar praticamente separada do corpo. Ela tinha ferimentos muito sérios, fraturas expostas e a pele completamente esfolada, indicando que sofrera agressões antes de morrer. Até agora não se sabe quem cometeu crimes tão **BÁRBAROS**."

No dia seguinte, o jornal continuava a detalhar os assassinatos:

"A TRAGÉDIA DA RUA MORGUE

Como o terrível caso da Rua Morgue ainda não tem solução, a polícia continuará interrogando suspeitos e pessoas que possam ajudar a esclarecer os fatos. Os depoimentos feitos até o momento foram os seguintes:

Paula Dubourg era lavadeira da casa havia três anos. Toda semana, retirava as roupas sujas das mãos da senhorita Camila L'Espanaye e as entregava limpas e passadas dois dias depois. Nunca notou nada de estranho na casa, a não ser o fato de ela só ter móveis no andar de cima. Testemunhou que mãe e filha se davam bem e pareciam afetuosas uma com a outra. Não sabia ao certo do que viviam as duas, mas ouvira dizer que a senhora L'Espanaye trabalhava como **CLARIVIDENTE** de vez em quando. Nos três anos em que trabalhou para elas, no entanto, nunca viu outra pessoa na casa, nem mesmo empregados.

Pedro Moreau nasceu naquele bairro e sempre morou na Rua Morgue. Vendedor de tabaco, ele contou à polícia que fazia quatro anos que vendia seu produto à senhora L'Espanaye. Segundo ele, "a velha" (como ele a chamava) e sua filha viveram naquela casa durante seis anos. Antes a senhora L'Espanaye alugava a casa para um joalheiro que **SUBLOCAVA** os quartos, mas parece que os **INQUILINOS** estragaram demais a casa e tiveram de sair. Foi então que mãe e filha foram morar lá. Portas e janelas viviam sempre fechadas. A jovem Camila L'Espanaye quase

- **BÁRBARO:** cruel
- **CLARIVIDENTE:** pessoa que pode ver o futuro
- **SUBLOCAVA:** alugava o imóvel locado a um terceiro
- **INQUILINO:** pessoa que mora em local alugado

nunca saía à rua, a não ser para atender algum entregador ou para abrir a porta ao médico da mãe, que já estava meio **CADUCA** e precisava de cuidados. Diziam que a velha tinha dinheiro guardado, mas isso ele não sabia. Falavam também sobre sua profissão de ler a sorte, mas ele não acreditava nisso, pois nunca vira ninguém entrar naquela casa a não ser a lavadeira e o médico.

Outros vizinhos contaram à polícia que de fato ninguém visitava as duas mulheres. Também não se sabia da existência de parentes próximos das vítimas. Confirmaram que a casa vivia fechada, com exceção das janelas do segundo andar, que eram abertas de vez em quando, sempre com as cortinas esticadas para impedir que se olhasse da rua para dentro da casa.

Isidoro Muset foi um dos policiais que arrombou a porta de entrada da casa. Disse que foi chamado por um vizinho por volta das três da madrugada. Relatou que assim que chegou ao local, ainda ouviu gritos e vozes vindos de dentro da casa, e que estes só pararam no momento do arrombamento. Segundo ele, uma das vozes era grave, masculina e falava em francês. As únicas palavras que conseguiu entender foram **SACRÉ** e **DIABLE**. Escutou também um estrangeiro de voz aguda, mas não deu para identificar se era uma voz masculina ou feminina.

Henrique Duval, vizinho das vítimas e **OURIVES** de profissão, estava presente quando a polícia chegou e arrombou a porta. Ele concorda com Isidoro Muset, afirmando que, pouco antes de entrar na casa, ouviu a voz de um francês e de um estrangeiro, talvez italiano pela entonação, mas não tem certeza se o estrangeiro era homem ou mulher. Disse à polícia que conversava com a senhora L'Espanaye e sua filha de vez em quando. Estava **CONVICTO** de que as vozes vindas do andar de cima não eram delas.

Odenheimer, dono de um restaurante na rua, foi um dos que entrou na casa. Ele concorda com Muset e Duval, com exceção de um ponto: ele afirma que as duas vozes eram masculinas e de franceses. Uma delas era aguda e dava gritos **COLÉRICOS**, além de pronunciar coisas incompreensíveis muito rápido. A outra voz era mais grossa, e disse várias vezes as palavras sacré, diable e **MON DIEU**. A testemunha é holandesa e precisou de intérprete para dar seu depoimento.

- **CADUCA:** pessoa que perdeu a razão em função da idade
- **SACRÉ:** sagrado, em francês
- **DIABLE:** diabo, em francês
- **OURIVES:** pessoa que fabrica ou vende objetos de ouro e prata
- **CONVICTO:** pessoa que está convencida de algo
- **COLÉRICO:** com muita raiva
- **MON DIEU:** "Meu Deus", em francês

Júlio Mignaud é dono do banco onde, há oito anos, a senhora L'Espanaye era **CORRENTISTA**. Ele afirma que, durante esses anos todos, sua cliente fez depósitos periódicos de pequenas somas de dinheiro. Nunca sacou nada a não ser três dias antes de sua morte, quando retirou pessoalmente 4 mil francos. Ela solicitou que um empregado do banco a acompanhasse até sua casa para ajudá-la a levar a quantia paga em dinheiro e ouro.

Adolfo Le Bon foi o empregado do banco que acompanhou a senhora L'Espanaye. Ele diz que levou o dinheiro em duas bolsas até a casa e entregou-as à Camila L'Espanaye assim que a moça abriu a porta. Cumprimentou mãe e filha e foi embora. Não havia ninguém na rua naquela hora.

Guilherme Bird, alfaiate natural da Inglaterra, também entrou na casa junto com a polícia. Ele afirma ter escutado as duas vozes mencionadas por outras testemunhas, uma aguda e outra grossa. A voz aguda com certeza não era de um inglês, talvez fosse de um alemão, mas ele não conhecia bem o idioma alemão. A grossa era de um francês, pois ele ouvira as palavras sacré e Mon Dieu.

Quatro das testemunhas acima foram novamente interrogadas. Todas afirmaram que a porta do quarto revirado no andar de cima, em cuja chaminé fora encontrado o corpo de Camila L'Espanaye, estava trancado por dentro quando o grupo chegou. Foi preciso arrombá-lo. Todas as janelas estavam fechadas e **AFERROLHADAS**. Aliás, elas depuseram que não havia sinal de arrombamento nem pistas do caminho por onde os assassinos fugiram, em nenhuma parte da casa.

Afonso Garcio, agente funeral, tem nacionalidade espanhola e reside na Rua Morgue. Ele também entrou na casa, mas não subiu ao segundo andar porque ficou com medo. Ouviu as duas vozes discutindo. A voz grossa era de um francês, e a aguda, de um inglês. Sabe disso pela entonação, embora não conheça bem o idioma inglês.

Alberto Montani é confeiteiro e foi um dos primeiros a subir com a polícia. É nascido na Itália. Acredita que as vozes eram de um francês e de um russo, embora nunca tenha conversado com um russo antes.

Várias testemunhas, em seus segundos depoimentos, afirmaram que a chaminé era estreita demais para permitir a passagem de uma pessoa. Acreditam ser impossível que os assassinos tivessem fugido por ali. O corpo de Camila L'Espanaye estava tão apertado lá dentro, que foram necessários quatro homens para tirá-lo de lá.

Paulo Dumas foi o médico chamado para examinar os cadáveres no dia seguinte cedo. Ele diz que o corpo de Camila L'Espanaye estava bastante ma-

❦ **CORRENTISTA:** pessoa que tem conta corrente em banco
❦ **AFERROLHADA:** fechada com ferrolho

chucado, principalmente por ter sido colocado dentro da chaminé. Tinha muitas escoriações no pescoço e marcas de dedos de tamanhos diversos. Isso indicava que a moça havia sido estrangulada por várias pessoas. Descobriu também um ferimento na altura do estômago, que pode ter sido causado por um golpe de joelho. O corpo da mãe estava ainda pior. Tinha ferimentos e fraturas em diversos lugares, além da garganta cortada. Os ossos da senhora estavam tão brutalmente esmigalhados, que só podem ter sofrido ataques de alguém muito forte utilizando objetos pesados, como uma barra de ferro, uma cadeira de madeira **MACIÇA** ou até mesmo uma mesa. Ele não acredita que os golpes tenham sido desferidos por uma mulher.

Alexandre Etienne é cirurgião. Ele foi chamado pelo doutor Paulo Dumas para examinar os corpos. Ele concorda integralmente com o doutor Dumas e não tem nada mais a acrescentar.

Outras pessoas foram chamadas para depor, mas a polícia continua sem a menor pista dos assassinos, se é que as mulheres foram de fato assassinadas. Nunca Paris foi palco de tragédia tão horrível."

Capítulo 3

A INVESTIGAÇÃO

A edição vespertina não trazia grandes novidades, mas anunciava a prisão de Adolfo Le Bon. Não havia nenhum **INDÍCIO** forte de sua participação nas mortes, principalmente porque o dinheiro que ele carregou até a casa das vítimas foi encontrado dentro de um cofre fechado e intacto, na parte inferior da residência. No entanto, a polícia acreditava que era melhor mantê-lo na cadeia para investigações mais aprofundadas. Quando soube da prisão de Le Bon, Dupin me perguntou:

— O que acha desses crimes?

— Acho o mesmo que todos os moradores de Paris: não vejo meios de a polícia chegar a uma solução — respondi.

— Não sei se confio nos métodos da polícia.

— O que quer dizer?

— Os interrogatórios iluminam bem um ou dois pontos, mas deixam de mostrar o todo da questão. Nem sempre a verdade está nas coisas profundas. Acredito, ao contrário, que ela esteja na superfície. Observe uma estrela, por exemplo. Só vislumbramos sua beleza, seu brilho e nitidez se a olharmos rapidamente. Perdemos tudo isso se fixarmos o olhar sobre ela. Nesse último caso, seus

❦ **MACIÇA:** sólida, compacta, que não é oca
❦ **INDÍCIO:** sinal de algo

raios incidem diretamente sobre o olho, fazendo com que a sutileza alcançada com o **RELANCE** se vá.

— Onde está querendo chegar?

— Vamos investigar os assassinatos por conta própria. Será como uma diversão.

— Diversão? — espantei-me.

— Conheço o chefe de polícia. Ele nos permitirá a entrada na casa. Além disso, devo alguns favores a Adolfo Le Bon. Será uma oportunidade de pagá-los, caso consiga provar sua inocência.

O último argumento me convenceu a iniciar nossa própria investigação. Conseguimos a permissão e fomos até a Rua Morgue. Lá chegando, Dupin quis dar a volta na quadra e observar toda a casa pelo lado de fora. Examinou também as residências vizinhas, pequenos detalhes dos tijolos do muro e, finalmente, cumprimentou alguns curiosos que estavam parados diante da casa.

Tocamos a campainha e fomos recebidos por um policial. Observando nossa autorização para entrar, ele fez questão de nos acompanhar durante toda a nossa visita. As duas mulheres mortas ainda estavam lá, estendidas no chão do cômodo do andar de cima. O quarto estava mesmo bagunçado, exatamente como descrevera o jornal. Dupin examinou detalhadamente toda a cena do crime, incluindo os cadáveres. Ficamos o dia todo lá. No final da tarde, voltamos para casa. Dupin me perguntou:

— Você notou algo de diferente no palco do crime?

— Nada diferente do que já lemos no jornal — disse eu.

— Pois eu lhe digo que há sim uma solução para os crimes da Rua Morgue. Estou prestes a **DECIFRAR** o mistério, se é que já não decifrei.

Olhei para o meu amigo com olhar **ESTUPEFATO**. Ele continuou:

— A polícia está impressionada com o excesso de detalhes **SÓRDIDOS** e não consegue ligar um fato a outro. Está mais preocupada com o terror dos fatos do que com o motivo que os levou a ocorrer. Numa investigação como essa, não é importante perguntar o que aconteceu, mas sim por que aconteceu.

Eu estava completamente sem palavras, por isso continuei a escutá-lo.

— Estou, a partir de agora, esperando uma pessoa que está envolvida na barbárie da Rua Morgue. Espero que ela não seja culpada pelos crimes, e acredito

- **RELANCE:** um olhar rápido
- **DECIFRAR:** interpretar
- **ESTUPEFATO:** pasmado, assustado
- **SÓRDIDO:** sujo, nojento, mesquinho

que não seja, mas ela é a peça principal para que eu possa completar o quebra-cabeças — disse ele.

— Espera essa pessoa aqui? — perguntei, **ATÔNITO**.

— Sim, aqui na nossa casa. Pode ser que ela não venha, mas tenho quase certeza de que o fará.

— E se for ela a responsável pelos crimes? Vamos correr perigo...

— Por isso precisamos nos preparar. Pegue esta pistola. Eu já tenho a minha — disse ele, estendendo-me a arma que eu nem sabia que ele guardava.

Capítulo 4

ESTUDANDO AS PISTAS

Dupin continuou a falar sobre os assassinatos, como se estivesse usando a própria voz para ajudá-lo a chegar a uma conclusão. Em seguida fez uma pausa e me perguntou:

— O que havia de comum entre os depoimentos?

— O fato de as testemunhas terem ouvido duas vozes, uma grossa e outra aguda.

— E que não eram das duas mortas.

— Certo.

— Isso, aliado ao fato de que a senhora L'Espanaye não teria forças nem para colocar o corpo da filha na chaminé, nem para fazer em si mesma os estragos apresentados em seu corpo, elimina o suposição de que a mãe tenha matado a filha e depois se suicidado. Conclui-se então que os crimes foram cometidos pelas duas vozes que discutiam no momento da entrada da polícia e dos vizinhos na casa.

Concordei com a cabeça. Ele então me perguntou:

— Você notou alguma coisa de estranho nos depoimentos referentes às duas vozes?

— Todas as testemunhas acreditavam que a voz grave era de um francês, mas não tinham certeza da naturalidade da voz aguda.

— Vejo que você, assim como a polícia, ateve-se às palavras das testemunhas, e não conseguiu enxergar nada de **PECULIAR** nesses depoimentos. Pois bem, o que me chamou a atenção foi o fato de que a nacionalidade das testemunhas

- **ATÔNITO:** espantado
- **PECULIAR:** particular, próprio

eram várias e nenhuma delas associou a voz a de um **CONTERRÂNEO**. Todos dizem que a voz era de um estrangeiro, pois o suspeito falava coisas em uma língua desconhecida.

Aquelas explicações prenderam ainda mais minha atenção. Dupin deu exemplos:

— O francês acha que a voz era de um espanhol, mas não compreendeu o que o suspeito dizia porque não entende espanhol. O holandês afirma que a voz era de um francês, mas como pode ele dizer isso se nem ao menos conseguiu dar seu depoimento na língua francesa, sendo necessário um intérprete para intermediar a conversa com o delegado? O inglês julga que a voz era de um alemão, mas ele mesmo afirma que não entende alemão. O espanhol acredita que a voz era de um inglês por causa da entonação, e não porque conhece a língua inglesa. O italiano diz que era a voz de um russo, mas afirma nunca ter conversado com um russo. Outro francês afirma que a voz era de um italiano, mas também julga pela entonação.

— Essa voz deve ter sido mesmo muito estranha para produzir testemunhos tão diversos! — exclamei.

— Pois bem, isso me leva a concluir que esses depoimentos desconexos levantam, no mínimo, uma suspeita. Não vou dizer do que suspeito ainda, quero apenas que você acompanhe a linha de pensamento que segui ao entrar naquela casa.

— Continue — pedi a ele.

— Precisamos agora tentar identificar o local por onde fugiram os assassinos. A polícia examinou todas as portas e janelas do quarto onde foi morta a senhorita Camila L'Espanaye. Todas estavam devidamente trancadas por dentro. Tiveram, inclusive, que arrombar a porta principal para chegar ao local do crime.

— A polícia também arrancou o forro e o assoalho, assim como o reboco das paredes. Nenhuma passagem secreta foi descoberta.

— Eu mesmo olhei tudo isso enquanto estava no quarto. De fato, não havia passagem secreta nenhuma. A chaminé também era estreita demais. Nem um gato mais gordo teria passado por lá.

— O que você sugere? — perguntei.

Sugiro que a única saída possível fosse pela janela de trás, pois as que dão para fora não poderiam ter sido abertas sem chamar a atenção das pessoas reunidas na rua. No momento em que a polícia e os vizinhos entraram na casa, os assassinos fugiram por trás.

CONTERRÂNEO: nascido na mesma terra, compatriota

— Isso é impossível, caro Dupin. As janelas de trás também estavam trancadas por dentro. E tinham um prego grosso em cada uma delas prendendo o **CAIXILHO** à parede.

— É por isso que meu trabalho naquele quarto foi o de tentar provar que existe possibilidade na impossibilidade.

— Estou confuso...

— Veja bem, a polícia, tendo encontrado os dois pregos fixando a janela por dentro, abandonou por completo a suspeita de que os criminosos pudessem ter fugido por ali. Eu fui mais além. Passei boa parte do tempo em que estávamos naquela casa investigando as janelas e... de fato... descobri algo.

— O quê?

— Ambas possuem molas escondidas sob o caixilho, justamente embaixo dos pregos. Uma pessoa poderia ter saído pelas janelas e as fechado por fora, mas não conseguiria encaixar os pregos por dentro. Continuei observando e fiz uma grande descoberta: um dos pregos está rachado. É uma rachadura imperceptível, mas, quando levantei o caixilho, metade do prego subiu junto com a janela, a outra ficou presa à mola.

— Então...

— Isso mesmo, meu amigo. Os assassinos saíram pela janela de trás, a que tem o prego rachado. Talvez eles nem soubessem disso, mas quando a janela foi fechada do lado de fora, as duas metades do prego se uniram, dando a impressão de que a janela estava trancada por dentro.

Fiquei pensativo, mas não por muito tempo, pois Dupin continuava a falar:

— Muito bem, agora há também outro fato muito importante. Os 4 mil francos retirados três dias antes dos crimes; eles não foram roubados. As notas e as barras de ouro estavam intactas, trancadas no cofre e ainda dentro das duas sacolas entregues pelo senhor Adolfo Le Bon. De onde concluo que o assassino não estava interessado no dinheiro.

— Concordo — afirmei.

— Passemos agora aos próprios assassinatos. O fato de Camila L'Espanaye ter sido colocada dentro da chaminé é uma coisa no mínimo exagerada, uma vez que a moça já estava morta e sofrera grande brutalidade. A mãe também recebeu golpes terríveis, tendo sido praticamente decapitada com uma simples navalha. Além disso, os tufos de cabelo arrancados pela raiz vistos na chaminé mostram mais uma vez que o assassino tinha uma força **DESCOMUNAL**.

Fiz uma cara de nojo, mostrando que compreendia o que ele falava.

- **CAIXILHO**: moldura da janela
- **DESCOMUNAL**: que não é comum, extraordinário

— Pois bem, pense então nas informações que temos até agora: uma voz aguda e estranha, a habilidade para sair pela janela sem deixar rastros e a falta de interesse financeiro pelas vítimas, além de uma força sobre-humana.

— Meu Deus, Dupin! Foi algum louco que cometeu os crimes! Um louco fugido do **SANATÓRIO** lá de perto!

— Pode até ser, mas os loucos são **COERENTES** quando falam, mesmo que seja em suas próprias línguas. Um louco não se encaixaria na descrição que as testemunhas deram sobre a voz estranha, aguda e colérica, que gritava coisas incompreensíveis. Além disso, olhe para esse fio de cabelo em minha mão. Estava enrolado no dedo da senhora L'Espanaye, de onde o tirei. Não se parece com o cabelo de um louco.

— Esse cabelo, Dupin, não é de um ser humano!

— Antes de decidirmos isso, quero que olhe para esse desenho. É um esboço que fiz a partir da descrição dos doutores Dumas e Etienne depois de ambos terem examinado o cadáver de Camila L'Espanaye. No relatório deles está escrito: "há profundas marcas de unhas no pescoço da vítima, além de manchas arroxeadas produzidas pela pressão dos dedos". Unindo essa descrição ao desenho que fiz, temos a ideia de um punho rígido e firme. As mãos do estrangulador não escorregaram pelo pescoço da vítima. Ela foi firmemente estrangulada até a morte. Além disso, se estou certo, não acredito que a moça tenha sido morta por mais de um estrangulador, mas apenas por um.

Dupin então enrolou o desenho em um rolo de cozinha, aproximadamente da grossura de um pescoço, e me pediu:

— Coloque seus dedos nos lugares onde há marcas de dedos no desenho.

Meus dedos não se encaixavam como deveriam. As marcas desenhadas eram muito maiores que minhas mãos.

— Dupin, as mãos que estrangularam a moça não eram mãos de um ser humano!

— Agora olhe este livro que tenho guardado há bastante tempo.

O livro estava aberto em uma página intitulada: "Orangotangos louros da Índia Oriental". Li a passagem que descrevia esses animais em detalhes e gritei:

— É isso, Dupin! As pobres mulheres foram assassinadas por um orangotango desses. O livro explica tudo! São gigantescos, têm força descomunal, são ferozes e selvagens! E esse pelo louro que você tem nas mãos encaixa-se perfeitamente na descrição da pelagem que acabei de ler.

- **SANATÓRIO:** casa de saúde para pessoas com doença mental
- **COERENTE:** que faz sentido, que tem nexo

O livro também tinha ilustrações. A partir deles, pude ver que o desenho feito por Dupin era muito parecido com as características das patas daquele animal. Somente um macaco como aquele poderia ter deixado marcas tão profundas no pescoço de Camila L'Espanaye.

— Uma coisa me intriga. As testemunhas dizem que ouviram duas vozes e que uma era de um francês — disse eu.

— Você tem razão. Uma ou duas testemunhas afirmaram ouvir as palavras Mon Dieu, está lembrado? Então, a partir dessas palavras, deduzi que um francês tenha, na verdade, testemunhado os crimes. Talvez ele seja o dono do orangotango, que fugiu de suas mãos e atacou as duas mulheres. Pior, é possível que o macaco ainda esteja solto, pois, em meio à confusão na noite dos crimes, pode ser que ele não tenha conseguido recuperar a posse do animal.

— O que acha que devemos fazer?

— Apenas esperar por esse francês aqui mesmo, em nossa casa.

— Pelo amor de Deus, explique melhor as coisas. Como é que esse homem sabe que estamos investigando as mortes?

— Ele não sabe. Apenas dei um jeito de atraí-lo para cá. Ontem, depois de deixarmos a Rua Morgue, pedi a você que me esperasse na frente da redação do jornal O Mundo, você se lembra?

— Sim, você me disse que ia cumprimentar um amigo.

— É verdade, tenho um conhecido que trabalha naquele jornal, que é uma publicação dedicada a embarcações e muito lida por marinheiros. Fui pedir-lhe que publicasse uma nota na edição de hoje.

Disse isso e me estendeu o jornal com a seguinte nota publicada:

— "Preso no Bosque de Bolonha um grande orangotango louro da espécie de Bornéu. O dono (conhecido marinheiro de um navio **MALTÊS**) deve apresentar seus documentos de identificação no seguinte endereço para reaver o animal: Rua..., número..., Bairro Saint-Germain."

O endereço era o nosso e então compreendi que era o tal homem que estávamos esperando de pistola em punho. Perguntei a Dupin:

— Como sabe que o dono do animal é marinheiro e trabalha em um navio maltês?

— Deduzi a partir desta fita que encontrei presa no alto do muro que dá para as janelas de trás da casa. Você se lembra que pedi aos policiais uma escada e subi no muro, não lembra?

❦ **MALTÊS:** nascido na República de Malta (arquipélago no Mediterrâne central)

— Sim, eu me lembro. Achei que fosse loucura sua!

— Pois então, loucura ou não, esta é uma fita daquelas que os marinheiros utilizam para prender as cabeleiras. Está engordurada demais para ter pertencido a uma das mortas. Além disso, só os marinheiros sabem dar este nó, típico dos navios malteses.

— Suponha que você esteja certo. Acredita mesmo que o homem virá aqui? Não estaria ele com medo de ser preso pelos assassinatos?

— Imagino que ele deve raciocinar da seguinte maneira: "O orangotango vale muito dinheiro. Sou pobre e inocente. Não posso desperdiçar a chance de reaver meu animal, ainda mais considerando que a polícia nem desconfia de que foi ele o autor dos crimes. Para completar, o anúncio diz que já sou conhecido como dono do macaco. Se eu não for buscá-lo, aí sim podem desconfiar de alguma coisa. É melhor eu ir até lá. O anúncio diz que o prenderam no Bosque de Bolonha. É um lugar bem distante da Rua Morgue. Ninguém ligará o animal à tragédia".

No momento seguinte, ouvimos batidas na porta...

Capítulo 5

O MARINHEIRO

— Faça o favor de entrar — disse Dupin, em tom simpático.

Um homem alto, de cabelos compridos e meio gordo entrou na sala. Era, sem dúvida, um marinheiro. O rosto queimado de sol, os bigodes e a barba, a roupa típica de um homem do porto, além das mãos calejadas, evidenciavam sua profissão. Caminhava apoiado em uma bengala, mas pelo jeito aquela era sua única arma. Não parecia perigoso.

— Veio buscar o orangotango, **PRESSUPONHO**. É um animal belíssimo! Deve custar uma fortuna. Que idade ele tem? — perguntou Dupin.

— Não sei bem sua idade, mas acredito que tenha uns quatro ou cinco anos. Ele está aqui? — disse, com sotaque parisiense.

— Ah, não, ele está numa **COCHEIRA** que aluguei na Rua Duborg. Seria impossível manter uma criatura tão grande nesta casa.

— Entendo. E quando poderei ir buscá-lo?

— Amanhã de manhã, pois creio que agora já esteja fechada. O senhor tem os documentos de proprietário do animal?

PRESSUPONHO: supor alguma coisa com antecedência
COCHEIRA: lugar em que sao guardados carruagens e também cavalos

— Tenho sim.

— Sabe, gostei do orangotango. Tenho até pena de me separar dele.

— Pretendo dar ao senhor uma recompensa por todo o trabalho que teve. Não deve ter sido fácil apreendê-lo. Há ainda o aluguel da cocheira.

— Imaginei que o senhor quisesse me recompensar, por isso já sei o que vou pedir.

O homem pareceu preocupado.

— Se não for muito dinheiro... O senhor sabe, sou apenas um marinheiro — disse.

— Não é dinheiro o que vou querer.

— O que é então? — perguntou o homem, animado pelo fato de que não iria precisar **DESEMBOLSAR** nenhuma quantia.

— Quero que me conte tudo o que sabe sobre os crimes da Rua Morgue.

Dupin disse isso de maneira bem calma. Depois trancou a porta, colocou a chave no bolso, tirou a pistola de dentro do casaco e deitou-a sobre a mesa. O marinheiro ficou com o rosto todo vermelho. Ele chegou a pegar a bengala num gesto ameaçador, mas logo em seguida sentou-se na poltrona que tínhamos na sala e começou a tremer. Fiquei com pena dele.

— Não se preocupe, amigo – começou Dupin. — Sei que não tem culpa nenhuma do que aconteceu, mas sei também que está, de certo modo, envolvido na tragédia da Rua Morgue. O senhor não roubou nada e não poderia ter evitado os crimes. No entanto, está preso aqui até confessar o nome do verdadeiro assassino.

— Deus do céu! — exclamou o homem em desespero. — Sou inocente! Vou dizer tudo o que sei sobre os assassinatos, mas não espero que o senhor acredite em metade de minhas palavras. Vai pensar que sou louco ou coisa pior!

— Sou todo ouvidos — disse Dupin.

O pobre homem passou a mão no rosto, respirou fundo e começou:

— Um amigo e eu capturamos o orangotango na ilha de Bornéu, quando fizemos uma viagem ao Arquipélago Índico no ano passado. Meu amigo morreu logo depois e eu fiquei sendo o único dono do animal. Como o senhor sabe, é um macaco bastante feroz. Por isso, quando cheguei em Paris, transportei-o até minha própria casa e deixei-o preso em um pequeno quarto **CONTÍGUO** ao meu até ele melhorar de um problema na pata traseira.

— Que problema? — perguntei.

— Uma ferida causada por um estilhaço de vidro em que ele pisou ainda no navio.

❦ **DESEMBOLSAR**: gastar, tirar do bolso
❦ **CONTÍGUO**: vizinho, junto, unido

— Continue — pediu Dupin.

— Pois bem, certa noite, quando voltei de uma noitada com os amigos, encontrei o orangotango dentro do meu próprio quarto. Não sei como conseguiu escapar do cubículo onde estava vivendo. Pior de tudo, o bicho estava em frente do espelho, com o rosto todo ensaboado e uma navalha na mão. Acho que tentava me imitar. Deve ter me visto fazer a barba através da fechadura da porta.

— Era essa a noite do crime? — perguntou Dupin.

— Sim, senhor.

— E o que foi que aconteceu depois disso?

— Sempre que o animal se agitava demais, desde os tempos do navio, eu costumava acalmá-lo a **CHICOTADAS**. Só que dessa vez, assim que peguei o chicote, o orangotango fugiu pela janela do quarto, que infelizmente estava aberta, levando a navalha na mão.

O marinheiro respirou fundo, como se fosse difícil continuar a falar, depois retomou a narrativa:

— Persegui aquele infeliz durante um tempão. Eu corria e quando estava quase perto dele, ele disparava para longe. As ruas estavam desertas, pois eram quase três da madrugada. Só que, uma luz no andar de cima de uma casa chamou a atenção do animal, que imediatamente pulou o muro. Em menos de um minuto ele estava dentro do quarto no andar de cima e...

— O quarto da senhorita L'Espanaye — falei.

— Sim, esse mesmo. Mas como eu ia dizendo, eu fui atrás dele, na esperança de finalmente conseguir agarrá-lo. O problema é que não alcancei a janela no segundo andar. Tive de assistir a todas as atrocidades do alto do muro da residência, que ficava a uns três metros da janela. Oh, Deus! Que horror ver meu próprio animal cortar a garganta da senhora, estrangular a filha e tudo o mais que os senhores já devem saber!

— E como foi que vocês saíram de lá? — perguntou Dupin.

— Enquanto o orangotango arrancava o couro cabeludo da senhora e colocava a filha dentro da chaminé, não pude evitar expressões de terror. Fui eu que gritei as coisas que estavam escritas no jornal. Quando ouviu minha voz, o macaco se assustou. Acho que percebeu que eu iria castigá-lo pelo que havia acontecido. Foi nessa hora que ele pulou de volta para o muro. Vi também quando a janela se fechou com a sua passagem monstruosa.

— Você sabe que o animal não está comigo, não sabe? – perguntou Dupin.

CHICOTADAS: batida com chicote

— Sei, sim – disse o marinheiro, envergonhado. — É que como o anúncio me descrevia com perfeição, tive medo e achei que deveria vir até aqui. Estava ansioso por causa dos crimes. Não quero que pensem que fui eu o culpado.

— Onde está o macaco? — perguntei.

— Capturei-o naquela mesma noite e vendi-o a um zoológico.

— Vamos agora ao gabinete do chefe de polícia — disse Dupin.

Chegando lá, tudo foi esclarecido e soltaram Adolfo Le Bon. O marinheiro apenas prestou depoimento, mas não foi julgado pelos crimes. Na hora de nos despedir do chefe de polícia, que durante todo o tempo em que estivemos na delegacia pareceu incomodado, ele virou-se para Dupin e disse, num tom **SARCÁSTICO**:

— Assunto encerrado, certo? A partir de agora meta-se com os seus livros e me deixe fazer meu trabalho.

Quando, mais tarde, perguntei do que se tratavam aquelas palavras, Dupin sorriu e falou, orgulhoso:

— Finalmente derrotei-o em seu próprio castelo. Meu amigo chefe de polícia é **VAIDOSO** demais para ser profundo. Não seria capaz de solucionar esse crime. Apesar de tudo, gosto dele. É um bom homem, que ganhou fama de habilidoso por conseguir dar explicações a coisas que nunca aconteceram. As coisas que são reais, essas ele costuma negar.

- **SARCÁSTICO**: com sarcasmo, escárnio, gozação, zombaria
- **VAIDOSO**: fútil, presunçoso, que tem vaidade

ROTEIRO DE LEITURA

1) Em que época se passa a história? Onde se passa a história?

2) Quem era C. Augusto Dupin? Quais as suas principais características?

3) Quem é o narrador da história? Como ele conheceu e ficou amigo de Dupin?

4) Por que Dupin e o narrador decidem ir morar juntos? Quais os benefícios que cada um teve com essa decisão?

5) Dupin conseguiu, em certa passagem do livro, descrever os pensamentos do narrador. Conte como foi essa passagem e que técnicas ele utilizou para ler a mente de seu amigo.

6) Como Dupin e o narrador ficaram sabendo sobre os assassinatos da Rua Morgue?

7) A história que você acabou de ler possui dois tipos de texto: um narrativo e outro jornalístico. Qual a diferença entre esses dois estilos textuais?

8) Quais foram as pessoas interrogadas pela polícia?

9) O que disse cada uma delas?

10) Depois de ter lido os depoimentos, você chegou a alguma conclusão de quem era o assassino? De quem você desconfiava nessa altura da história?

11) A maioria das pessoas interrogadas tinha um ponto em comum em seus depoimentos. Qual era esse ponto?

12) Dupin foi além dos depoimentos e procurou analisá-los a fundo. Qual foi a análise feita por ele em relação à questão das vozes ouvidas no local do crime? Você também tinha percebido esses "detalhes"?

13) Que justificativa Dupin deu ao narrador para investigar os crimes por conta própria? Você considerou justos os seus motivos?

14) Na história, alguns vizinhos entraram com a polícia na casa, no momento em que ainda se ouviam gritos do lado de dentro. Em uma situação de crime real, você acredita que a polícia permitiria a entrada de vizinhos com ela? Justifique sua resposta.

15) Como Dupin descobriu por onde os assassinos fugiram? Por que esse detalhe passou despercebido para a polícia?

16) Quem era o verdadeiro assassino? Como Dupin descobriu isso? Para responder a essa questão, considere as características de Dupin e sua habilidade de observador.

17) Que papel a "leitura" tem na solução do enigma?

18) Por que você acha que o chefe de polícia não conseguiu solucionar os crimes?

19) Qual foi o motivo real que Dupin tinha para investigar os assassinatos?

20) Na história, o marinheiro é dono de um enorme orangotango. Isso é permitido no Brasil? Faça uma pesquisa junto ao Ibama e outros órgãos de defesa do meio ambiente e descubra se é permitido ter animais silvestres como animais de estimação. Se for, em que casos isso é permitido e o que é necessário fazer para criá-los?

MANUSCRITO ENCONTRADO EM UMA GARRAFA E GATO NEGRO

Edgar Allan Poe

BIOGRAFIA DO AUTOR

Embora tenha vivido apenas 40 anos, Edgar Allan Poe conseguiu compor uma obra revolucionária na literatura mundial. Seus contos de horror influenciaram diversos artistas, escritores e roteiristas de cinema no século XX. Poe também é tido por muitos críticos como o inventor da ficção policial, além de ter escrito poemas fascinantes como O corvo e Annabel Lee.

Embora sua obra seja inovadora e faça sucesso até hoje, a vida pessoal do autor foi cheia de **PERCALÇOS**. Filho de um casal de atores de teatro pobres, Edgar Allan Poe nasceu dia 19 de janeiro de 1809 na cidade norte-americana de Boston. Quando tinha dois anos, seus pais morreram de tuberculose e Poe foi criado pelos tios. Por isso, dos 6 aos 11 anos de idade, viveu na Inglaterra, onde completou seus primeiros estudos. Com 17 anos ele entrou na Universidade de Virgínia, nos Estados Unidos, mas como seu tio não podia pagar os estudos, Poe foi obrigado a deixar o ensino superior após um ano de curso.

Fora da vida universitária, Poe se alistou no exército, na academia militar de West Point, da qual foi expulso. Quando saiu foi morar com uma tia em Baltimore. A paixão pela escrita o fez se aventurar no jornalismo, trabalhando na Filadélfia e em Nova York. Quando tinha 31 anos, casou com sua prima de 13. Mas quis o destino que mais uma vez a tuberculose lhe afastasse de pessoas queridas. Com a morte da menina, Poe voltou a beber de modo **CONTUMAZ**, o que abreviou sua existência. Poe morreu dia 7 de outubro de 1849 em Baltimore, deixando textos que influenciam nossa cultura até hoje.

Seu conto Os crimes da Rua Morgue é tido como um dos precursores das histórias de detetive e do policial como herói anos antes de Conan Doyle escrever Sherlock Holmes. Contos como O gato negro e O escaravelho de ouro abriram com qualidade as portas de uma literatura de suspense e horror que se ramificou por outras mídias como cinema, seriados de televisão e histórias em quadrinhos.

- **PERCALÇO:** dificuldade
- **CONTUMAZ:** obstinação, afinco

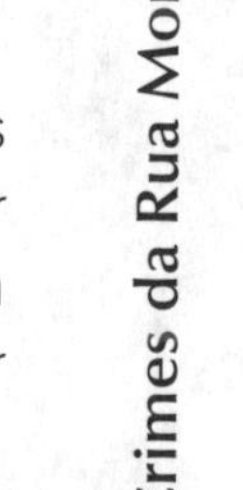

COLEÇÃO
AVENTURAS GRANDIOSAS
Série 3
COLEÇÃO AVENTURAS GRANDIOSAS
POLIANA
Eleanor H. Porter
Adaptação de Isabel Vieira
COLEÇÃO AVENTURAS GRANDIOSAS
A PEQUENA PRINCESA
Frances H. Burnett
COLEÇÃO AVENTURAS GRANDIOSAS
OS ROBINSONS SUÍÇOS
Johann Wyss
Adaptação de Rodrigo Espinosa Cabral
COLEÇÃO AVENTURAS GRANDIOSAS
O PRÍNCIPE E O MENDIGO
Mark Twain
Adaptação de Rodrigo Espinosa Cabral
COLEÇÃO AVENTURAS GRANDIOSAS
O JARDIM SECRETO
Frances H. Burnett
Adaptação de Isabel Vieira
COLEÇÃO AVENTURAS GRANDIOSAS
BELEZA NEGRA
Anna Sewell
Adaptação de Rodrigo Espinosa Cabral
COLEÇÃO AVENTURAS GRANDIOSAS
IVANHOÉ
Sir Walter Scott
Adaptação de Ana Carolina Vieira Rodriguez
COLEÇÃO AVENTURAS GRANDIOSAS
TOM JONES
Henry Fielding
Adaptação de Ana Carolina Vieira Rodriguez
COLEÇÃO AVENTURAS GRANDIOSAS
O CORCUNDA DE NOTRE-DAME
Victor Hugo
Adaptação de Isabel Vieira
COLEÇÃO AVENTURAS GRANDIOSAS
O PEQUENO LORDE
Frances H. Burnett
Adaptação de Ana Carolina Vieira Rodriguez
EDITORA RIDEEL